Usborne

# 100 First Spanish Words

## Sticker Book

Illustrated by Francesca di Chiara

Designed by Francesca Allen & Stephanie Jones

Edited by Mairi Mackinnon

Spanish language consultant:
Isabel Sánchez Gallego

You will find all the stickers you
need in the middle of this book.

# En la casa
## At home

la nube
cloud

el sol
sun

la ventana
window

el árbol
tree

la puerta
door

la flor
flower

## la silla
chair

## la mesa
table

## el sofá
sofa

## el bol
bowl

## la taza
cup

## el plato
dish

## el tenedor
fork

## la cuchara
spoon

## el dibujo
drawing

# Los animales
Animals

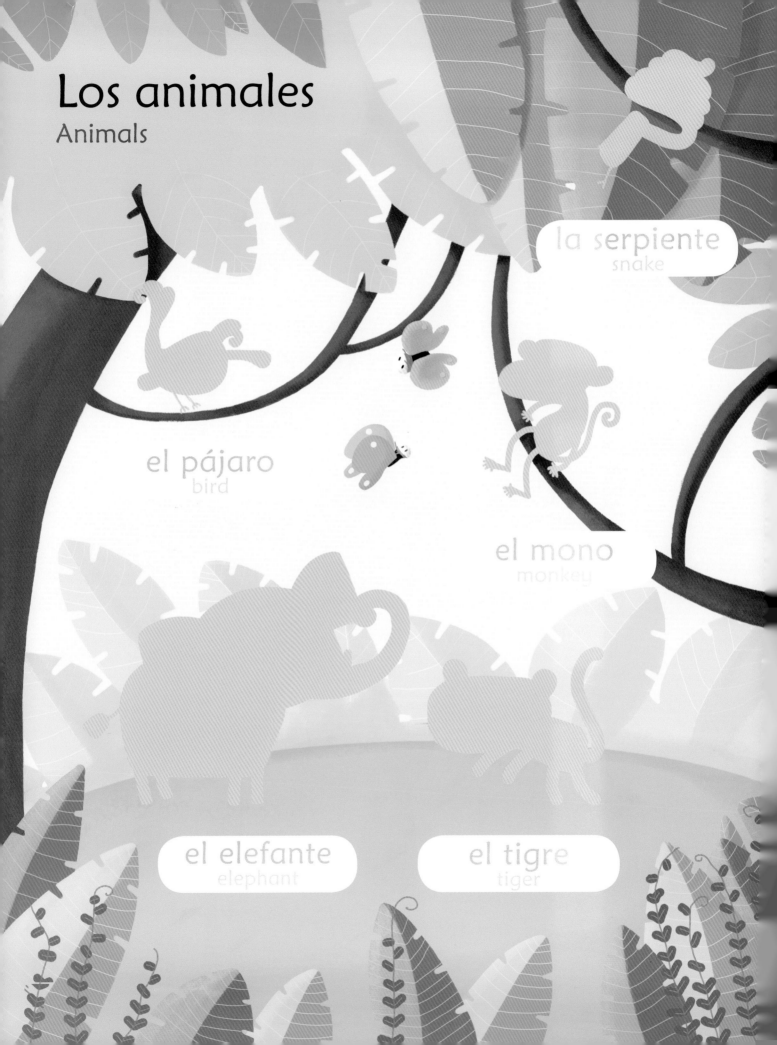

la serpiente
snake

el pájaro
bird

el mono
monkey

el elefante
elephant

el tigre
tiger

el gato
cat

el perro
dog

el pez
fish

la oveja
sheep

el caballo
horse

la vaca
cow

el pato
duck

# Mi ropa
## My clothes

**la falda**
skirt

**la camiseta**
t-shirt

**el gorro**
hat

**la camisa**
shirt

**los vaqueros**
jeans

**el vestido**
dress

**la chaqueta**
jacket

**los zapatos**
shoes

**los calcetines**
socks

# ¿Cómo son?
## What are they like?

**joven**
young

**viejo**
old

**feliz**
happy

**triste**
sad

**limpio**
clean

**sucio**
dirty

# En marcha
## On the move

**el avión**
plane

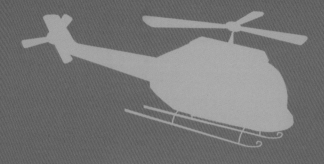

**el helicóptero**
helicopter

**el autobús**
bus

**la bicicleta**
bicycle

**el coche de bomberos**
fire truck

**el tren**
train

# En la casa

la ventana

la cuchara

la nube

el sofá

el bol

el árbol

la mesa

el dibujo

la puerta

la taza

la flor

el plato

el tenedor

la silla

el sol

# Los animales

el gato

el mono

el pájaro

el elefante

la oveja

el tigre

el perro

la vaca

el pato

el caballo

el pez

la serpiente

Mi ropa

los vaqueros

los calcetines

la camisa

el gorro

la chaqueta

la camiseta

los zapatos

la falda

el vestido

¿Cómo son?

limpio

viejo

triste

joven

sucio

feliz

# En marcha

la bicicleta

el avión

el tren

el coche

el cohete

el autobús

el camión

el barco

la excavadora

el helicóptero

el coche de bomberos

# En el parque

la niña

el niño

el columpio

la bolsa

el balón

# Los alimentos

el pastel

el queso

el plátano

la bebida

el arroz

la zanahoria

el pan

el huevo

el queso

# Mi cuerpo

la cabeza

el brazo

la pierna

la cara

la mano

el pie

## Los colores

amarillo

rosa

verde

negro

rojo

blanco

marrón

morado

azul

# Buenas noches

el despertador

la luna

el cepillo de dientes

el peine

el espejo

la alfombra

la leche

la cama

los juguetes

la almohada

el libro

el baúl

el cepillo

Los números

uno

dos

tres

cuatro

cinco

el cohete
rocket

el camión
truck

la excavadora
digger

el coche
car

el barco
boat

# En el parque
In the park

el balón
ball

el columpio
swing

la niña
girl

el niño
boy

la bolsa
bag

# Los alimentos
Food

**el arroz**
rice

**el queso**
cheese

**el huevo**
egg

**el plátano**
banana

**la manzana**
apple

**la zanahoria**
carrot

**el pan**
bread

**el pastel**
cake

**la bebida**
drink

# Mi cuerpo
## My body

la pierna
leg

la cara
face

la mano
hand

la cabeza
head

el brazo
arm

el pie
foot

# Los colores
Colours

rojo
red

amarillo
yellow

azul
blue

verde
green

blanco
white

morado
purple

rosa
pink

negro
black

marrón
brown

# Buenas noches
Good night

el libro
book

la luna
moon

la cama
bed

la alfombra
rug

## el espejo
mirror

## el cepillo
brush

## el peine
comb

## la almohada
pillow

## la leche
milk

## el despertador
alarm clock

## el cepillo de dientes
toothbrush

## los juguetes
toys

## el baúl
toy box

# Los números

Numbers

1     uno
      one

2     dos
      two

3     tres
      three

4     cuatro
      four

5     cinco
      five